福島せいぎ句集

Fukushima Seigi

箱廻し

ふらんす堂

目次／箱廻し

句集

箱廻し

竹夫人

平成二十九年

読み初めの季寄せに祖父の一句あり

竹筆の穂のままならぬ試筆かな

声かけて少年の独楽父の独楽

寒茶摘む峡の日ざしの逃げやすし

大いなる闇より父の福は内
太陽の宙にとどまる春の雪

父の凧子の凧南京天の凧

孫文の執務の机春の塵

長江の見ゆる高みに古巣かな

虐殺に触れず黄沙の空仰ぐ

春暁の回転ドアに女の香

腰掛けし山の切株ひこばゆる

灯台の見ゆる岩場の鹿尾菜刈る

豆の花海の音聴く芙美子像

台湾の雁字搦めの粽解く

深層水岬に飲んで夏に入る

てっぺんの雲が雲呼ぶ五月富士

覗き込む大師の岩屋滴れり

阿波水軍跡の筍流しかな

ほととぎす桧の風呂に木の枕

頂上に羊吹かるる青嵐

村人の近づかぬ沼夜釣の火

金魚玉この世逆さに映りたる

竹夫人抱けばささくれをりしかな

福田久子さん

達筆の百三歳の夏見舞

お風入極彩色の曼荼羅図

金剛の力士の胸に秋の蟬

あかよりもしろのさびしきまんじゆさげ

安珍の追はるるごとく秋出水

清姫の蛇身のうねり秋出水

露しとど女人が試す力石

アサギマダラ沖に渡海の舟行くか

肩すべるころもも後の更衣

子持ち鮎寺にもたらす宮大工

まなざしはふるさとの山菊人形

あをぞらの奥のあをぞら黄落期

冬の月かたちあるもの照らしけり

飾売り

平成三十年

買初の薬師如来と出刃包丁

村の子が囃してゆけり箱廻し

門付けの障子明りにえびす舞ふ

豆板の豆嚙みあつる初戎

寒蜆触るれば舌をしまひけり

仏飯にあつまる雀常楽会

囀りの中の朝鮮女墓

妻が捌く傘寿の祝ひ桜鯛

まだ慣れぬ遍路が笠の紐結ぶ

四月馬鹿旅に舌焼くもんじゃ焼

墨堤に妻と並びて落花浴ぶ

公園に太鼓の稽古五月来る

花みかん匂ふ護摩堂開け放つ

台中宝覚寺

夏燕布袋の臍を出入りせり

台南

血の色のカポック落つるダムの道
臭豆腐匂ふ夜市をうろうろす

小籠包好きな女のサングラス

蚕豆を妻の言ひつけどほり剝く

初鮎の一尾を犬に与へけり

校正の朱筆の上を蟻が這ふ

縁台に海の風入る三尺寝

木偶がしらころがつてゐる夏座敷

月下美人咲くを待たずに寝てしまふ
すててこで朝の挨拶鐘を撞く

虫干しの父の軍隊手牒かな

満州の夕焼美しと生身魂

阿波絵師の無縁の墓を洗ひけり

姪　田中美由喜急逝

星となる魂庭に虫すだく

越前の刈田を抜けて別れけり

新生姜ばりばり噛みてながらへる

台風に飛びし瓦が地に刺さる

嵯峨天皇宸筆を拝す

爽やかや紺地金泥般若経

鳰の海囮の瓶の浮き沈み

さやけくて美男の俥夫に乗り合はす

秋の夜の我も女装をして踊る

柿実る嵯峨野に二軒売家あり

石橋に秋の音聴く善通寺

子規庵

ロロに糸瓜をほめて根岸去る

山門に弾痕五つ鵙鳴けり

「万象」大会

かまつかや純子をしのぶ加賀ことば

犬の尾が叩く音なり白障子

玉垣に裸灯ひとつ飾売り

子に寺を譲りて年を惜しみけり

荒神輿

平成三十一年・令和元年

ご祈祷は弟子に任せて初日受く

ゐのししの年は自粛と初みくじ

鏡開しづかに罅の走りけり

八重山の旅

囀りの間延びしてをり西表

水牛の荒き鼻息春兆す

島の石積みしひんぷん花月桃

原色の唐人墓に白き蝶

妻はパン私はごはん春の旅

春の駅鳩に出勤時刻あり

孫　珠美

泣きべその泣き顔見せぬ大試験

手を振つてまだ百歳と彼岸婆

行く春や帝釈天の極楽図

寅さんのゐさうな寺の恋雀

波打ちし大正ガラス春の雲

春筍のなんと大きな腰回り

水底に蝌蚪のうごめく島の井戸

漣痕の襞へ真白き卯波寄す

帰郷して暴れ神輿を担ぎけり

祭神へ動くとこぶし供へあり

島の子がつぎつぎくぐる荒神輿

鰻食ふ元気に経を読むために
でで虫のしがみつきたる肉桂の木

夏服の少女乗り込む島渡船

走り来る夕立に土の匂ひけり

暑気払ひ加賀のきんつば三つ食ふ

冷房の効き過ぎてゐし導師席

反骨でありし父の忌毛虫焼く

黒板に押しピン残る休暇明け

たよりなき弟子の声明茶立虫

秋遍路杖新しく発ちにけり

空港に浜の名残りの花芒

草相撲われもかつては回し締め

叩かれて臭ふ亀虫広辞苑

ひよんの実の鳴らぬ一つは仏壇に

渋柿をくるりと剝いて明るき妻

冬うらら精養軒のオムライス

掛乞の贋物褒めて帰りけり

水遊び

令和二年

風鐸の音あらたまる大旦

病室へいのち励ます初電話

寺の子の涅槃図の裏くぐりけり

届かざる母の薬袋涅槃絵図

谷底を走る予土線梅さかり

旅人と囲む駅舎の春火鉢

春風や闘牛場は丘の上

赤き椿散り敷く虚子の筆塚に

子規の髪鳴雪の髯あたたかし

つばめ来る阿波の忌部の御饌田かな

売れぬ絵を路上に並べ鳥の恋

台北　二句

ペタコ鳴くかつて湾生住みし家

玉市を抜け花市のジャスミン茶

仔猫生る納屋に使はぬ乳母車

花まつり僧が覚えし腹話術

泥喰うて恋のはじまるむつごらう

天窓に青葉あふるる紙漉場

栗の花妻と遠出のにぎりめし

びんづるの膝の剝落蟻地獄

夏に籠る写経百巻テレワーク

喪帰りの法衣塩噴く油照り

こりやなんぢやくちなは川をわたりけり

蟻の道どこまでつづく青畳

天草干す北の泊りの潮迅し

甚平の子般若心経そらんずる

ステテコや赤鉛筆の折れ易き

新藷を仏の母に蒸しけり

山口憲志師

友逝けり大夕立のただ中に

ぢいちやんをとどめに濡らす水遊び

唐丸に飼はれて老ゆる羽抜軍鶏

干しバナナ我にいくさの記憶あり

夏痩せの京のころも屋長居せり

白桃の好きな父あり寺継がず

秋遍路寂聴生家覗き去る

開眼の地蔵に供ふラ・フランス

鮎落つる妻のふるさと水匂ふ

風を切る風車を仰ぎ鎌祝

山の日に豇豆の爆ずる荒筵

わが影に老斑のなし十三夜

古城趾のどんぐりしづむ水汲場

瓜坊のあなどるなかれ墓くづす

山採りの寒蘭匂ふ背負籠

嫁になど来るな深田の蓮根掘

野良時計見ゆる畑の大根引

枯れてゆくものの光を湛へをり

祖父かつて遊郭の医者雪蛍

十二月八日の海の波がしら

仏弟子

令和三年

滾るもの身ぬちにありて初日浴ぶ

書初は狸の筆と決めてをり

濃墨に水滴らす初硯

箱廻し木偶の衣装の鶴と亀

富永眉峰先生回顧展

迷はずに行けと師のこゑ雪霏霏と
あめつちの音を閉ざせり春の雪

仏弟子の素足でとほす涅槃かな

出口なき悩み聞きをり二月尽

春の夢あの世の句会賑はしき

鼻欠けの官女もゐたり雛の家

芽吹く山発声練習つづきをり

浄瑠璃の太声に蛇出でにけり

孫　佑大

朝の鐘撞いて寺の子入学す

春の闇手探りに汲む島の井戸

引汐の岩とびとびに磯菜摘む

曳き売りの女が捌く桜烏賊

荒妙の村は総出の茶摘みかな

口開けの鮑の動く夜の厨

どの家も海につづけり浜ゑんど

ふるさとの郵便局に新茶の香

もてなしの鹿肉カレー山若葉

塩梅は妻の手加減豆ごはん

葉隠れに匂へり雨の泰山木

夏籠の朝の一椀色麩浮く

教へ子の巫女と茅の輪をくぐりけり

ちちははの忌日過ぎたり浮いて来い

マヤといふ犬連れ髯の夏遍路

蜜こぼす夜の台湾パイナップル

山寺の人を怖がる羽抜鶏

山門のあらぬところに今年竹

父の部屋香水瓶の出て来たる
大うなぎ棲みつく島の噴井かな

島の子の楽しみなくて泳ぐなり

磯焼けの貝をかざせり鮑海女

千羽鶴納めて去りし夏遍路

街へ出て僧と知られずサングラス

朝焼や空襲の日の空もまた

ヒロシマ忌斜陽の国の鐘を撞く

草も木も仏とおもへ原爆忌

秋の蝶をみなの胸にとまりけり

厄介な欲の残りし白露かな

木下野生氏妻を看取るに一著をなせり

灯火親し君の看病日記読む

汚れなき十月の空とんび舞ふ

シーグラス秋日に透かし拾ひけり

寝ころびて秋の雲見る岩の上

猿柿や阿波の伊座利の海女老いぬ

柿たわわ奥の細道むすびの地
不漁の海眺め漁師の日向ぼこ

雀隠れ

令和四年

空と海ひろがる岬初明り

樺戸いま零下二十度初電話

寺の子がえびす怖がる箱廻し

四日はや室戸の沖の真水汲む

弾初の少年の指母の指

真向かひに古墳山あり初句会

初薬師寺の柱に風邪薬

鏡餅ひらく板間に日の射せり

寒卵弁才天に供へあり

天に星地にしんしんと凍豆腐

きさらぎの上流の水ひかりあふ

孫 遼太郎

子が母の背丈を超えて卒業す

若鮎の影のつつっと走りけり

旅人に酒をふるまふ浜節句

虫食ひの松の幹より地虫出づ

負け鶏の風に吹かるる砂畑

禅寺の雀隠れに魚板打つ

裸婦像は昭和の女風光る

雲雀野に客を下ろせり人力車

桜咲き空が狭しと杣の妻

花吹雪骨董市に綾子の書
もてなしのピザと水車と花わさび

竹の花句座のみんなが回し見る

鹿の子の痩せてゐるなり東大寺

青芝や医科大学に土俵見ゆ

鳶鳴いて竹の花咲く飛鳥村

手を振つて巡る明日香野麦の秋

はつなつの比叡は雲を払ひけり

佐保姫の尿せし山の夏がすみ
うすもののころもの袖に電話鳴る

墓石に火傷をするぞ青蛙

祖谷の鮎腸も残さず食うべけり

老鶯のこゑのたしかな節廻し

海峡の青さ眩しむ帰省の子

屋根裏に何かゐるらし熱帯夜

虫干や臍の緒あらぬところより

咲き分けて平家の谷の百日紅

弔砲に蛤となる雀かな

古酒二本酒屋の妻がもたらしぬ
ゐのししのぬた場に山のそばへ来る

とんび舞ふ山の色なき風にかな

敗荷や四方宅地に売られたる

点となる鷹の渡りを見逃さず

源流に近き水音冬に入る

まぐはひのほどけて冬の滝走る

闇汁へ盗みしものをまづ入れぬ

石庭の大渦小渦三十三才

初氷つぎつぎ割つて登校す

寒柝の少年団のこゑそろふ

銀座にてわが大くさめ笑はるる

年用意磨きあげたる鍍金仏

托鉢の僧へ初雪降りやまず

箱廻し

令和五年

初日さす梵鐘の乳百八つ

二日はや放鳥の鳩空を舞ふ

年神を拝みて発ちし箱廻し

御幣切る指美しき箱廻し

箱廻し来るころ山に雪つもる
口上のめでためでたや箱廻し

女が荷なふ天秤の艶箱廻し
箱廻し猿が隠れて見てをりぬ

門付けや御祝儀盆に柿と餅

買初は阿波の遍路の虚子の軸

山門を丸洗ひする二十日かな

落武者のごときランナー寒波来る

凍てし夜の軒に吊せり岩豆腐

オリオンを仰ぎ母子のつながりぬ

梅探る谷にけものの皮晒す

立春大吉味噌屋に婿の決まりたる

台湾の有事を思ふ菜の花忌

蟇淋しくなれば穴を出づ

コロナ禍入院

風光る妻より届く文と飴

カーテンに止まりし春の蚊を愛す

教え子田中征子さん
余命なき人より電話冴返る

孫 珠美
東京のひかりをまとひ卒業す

春めくや子は台湾へ一人旅

牡丹の赤芽あふるる誕生日

接待の餡のはみ出す草の餅
台湾の混沌が好きき蓬餅

満ち潮に尻向けてゐる春の鴨

初採りの若布色濃きすだれ干し

親離れ子離れいつもさくら時

痩せ蕨ばかりよ阿波の雑木山

立つこともすわるも難儀万愚節

まんばう来る岬の春を見にゆかな

葱坊主竹筒に活け独りゐる

熱湯に塩ひとつまみ白魚汁

昭和の日教師の綽名なつかしき

戒名に夏の字選ぶ五月かな

あとがき

句集『火球』以後の作品から三百句を選んで本句集をまとめた。私の第十句集にあたる。

私の七十九歳から八十五歳のもので、この間、五十五年勤めた万福寺住職を法嗣大浄に譲り世俗的な肩書きもすべて返上した。これで、余生を釈尊や芭蕉のように旅を楽しみ、遊行のくらしができると思っていた矢先に、世界中に新型コロナウイルス感染症が蔓延した。

幸い、俳誌「なると」は令和三年九月に創刊五百号を迎えることができた。その誌面で、私は「明るく生き生きとした俳句づくりを目指して、俗に流れることなく、作品の文芸性を確立したい。写実を通して品格ある抒情を追求したい」と記しているが、この理念は今後も変わらない。

句集名は「箱廻し」とした。箱廻しは、阿波に伝承されてきた正月の門付け芸である。一時は滅ぶと思われた箱廻しを見事に世界の芸能として甦らせたのは「阿波木偶まわし保存会」の若い阿波の女性たちであった。

上梓にあたってはふらんす堂の皆様にご尽力を賜わった。記して感謝を申し上げたい。

令和五年七月

福島せいぎ

著者略歴

福島せいぎ（ふくしま・せいぎ）

昭和十三年　徳島県徳島市生まれ
昭和三十八年　「風」入会。沢木欣一に師事
昭和五十年　「なると」創刊に同人として参加
平成元年　「なると」主宰・なると俳句会代表

句集に、『台湾優遊』（第一回台湾俳句文学賞受賞）『青春』『沙門』『旅鞄』『天蓋』『虎の陶枕』『福島せいぎ句集』『遊戯』（第七回文學の森賞優良賞受賞）『台湾抄』『自註福島せいぎ集』『火球』ほか。

著書に、『狸の燭台』『続狸の燭台』『古玩愛贋』（第三十五回とくしま出版文化賞特別賞受賞）写真俳句集『台湾の風』ほか。

現在、真言宗万福寺名誉住職。「万象」同人。徳島新聞徳島俳壇選者。俳人協会会員。俳文学会会員。国際俳句交流協会会員。

現住所　〒七七〇—〇八〇二　徳島市吉野本町五丁目二

句集　箱廻し　はこまわし

二〇二三年九月三〇日　初版発行

著　者——福島せいぎ
発行人——山岡喜美子
発行所——ふらんす堂
〒182-0002 東京都調布市仙川町一—一五—三八—二F
電　話——〇三（三三二六）九〇六一　ＦＡＸ〇三（三三二六）六九一九
ホームページ　http://furansudo.com/　E-mail　info@furansudo.com
振　替——〇〇一七〇—一—一八四一七三
装　幀——君嶋真理子
印刷所——日本ハイコム㈱
製本所——㈱松　岳　社
定　価——本体二八〇〇円＋税

ISBN978-4-7814-1587-1　C0092　¥2800E